화살이 꽃이 되어

화살이 꽃이 되어

© 2022 보 우

초판인쇄 | 2022년 10월 20일
초판발행 | 2022년 10월 25일

지 은 이 | 보 우
펴 낸 이 | 배재경
펴 낸 곳 | 도서출판 작가마을
등   록 | 제 2002-000012호
주   소 | 부산광역시 중구 대청로 141번길 15-1 대륙빌딩 301호
      T. 051)248-4145, 2598   F. 051)248-0723   E. seepoet@hanmail.net

ISBN 979-11-5606-204-2   03810   정가 10,000원

※ 본 도서는 한국인예술인 복지재단 '창작디딤돌' 지원을 받았습니다.

작가마을 시인선 56

화살이 꽃이 되어

보 우 시집

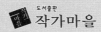
도서출판
작가마을

지난 漢詩집 출간 이후
만 4년의 시간이 흘렀다.
구름이 모였다 흩어지 듯
그렇게 각자의 길에서
소중하고도 건강한 만남을 가졌던 인연들에게
행복을 기원하는 바다.
"화살이 꽃이 되어"
내게 주어진 인연을 충실히 품으며
긴 항해 끝
다시 새로운 여명을 위해
항해의 노를 젓고자 한다.

시집 발간에 도움을 주신 여러 귀존 분께
감사의 인사 올린다.

2022년 만추
천마산 금당에서 보우 합장!

작
가
마
을

시
인
선
㊱

• 차례

작
가
마
을
시
인
선
㊹

· **차례**

3부

화살이 꽃이 되어 보우 시집 · 작가마을 시인선 56

제1부

눈꽃의 부활

겨울산 청솔가지
솔잎 위 쌓인 눈꽃
날지 못한 한이 되어
겨우 내 서 있는데
푸르게 푸르게 계절 나는
솔잎 차곡차곡
낙엽 되어 와불로 눕고
흐르다 멈춰버린 고드름
송곳 끝 수정구슬
대지 위 구르다 얼음 탑 세워놓은
흩날린 눈보라 소복소복
솔잎 사이 부채꼴 상고대 피는구나

청사포 바닷가에 서서

사계절 태양과 달빛으로 서 있는 등대
수줍게 찰랑이는 파도의 물결
지나간 어제도 그랬고
오늘도 변함없는 청사포 바다
내일 역시 여전하겠지
자그락거리는 몽돌밭 발걸음
밟힌 돌들은 얼마나 아픔일까
말 없는 저 돌들 그대로인데
바닷가 어울리지 않는 회색빛 빌딩
갈매기 비상을 힘겨워하는
저 바다 산이 보고 싶고
넓은 초록 들판 보고 싶을
꼬부랑 산길 그려보고 싶은데
두 개의 등대 이정표 앞 멈춰선
청사포 바닷물 포말 되어 철썩인다

징검다리 앞에서

어릴 적 가슴에 달린
하얀 명찰 이름 모를 소녀
하천 가로지른
점점이 놓인 징검다리
오고 가며 맞닥뜨린
눈동자 수정구슬 본듯하고
피할 수 없는 외길에서
수줍음 베어 문 입가
어지러운 보조개 피우는데
헛발은 흐르는 물결에 잠수 타고
지나는 뒤태만 바라보다
회색빛 머릿결 가득한 황혼 녘
그 소녀 보조개 생각이 나니
몸은 늙어 마음은 청춘이란 주책을 떤다
어디쯤 세상 품은 아름다운 어머니였을 깨다

눈 내린 아테네

아이게우스 바다 강풍
아테네 보기 드문 풍경으로
하얀 눈이 하염없이
소복소복 내리고 있다
아크로폴리스 언덕
파르테논 신전과
아테네 숲이
쑥 털털이가 되어 있고
눈 속 갇힌 차들과 집
먹거리 나눠주는 아름다운
산타가 있어
그 풍경 따사롭게 다가온다
미시를루 불꽃이 피어오르는
꿀물 뚝뚝 떨어지는
매혹적인 사랑의 노래처럼
아테네의 백야 아름다움 영원하라

혀끝에 고인 꽃

밖에
바람이 분다 봄바람
가냘픈 개나리 가지 흔들며
앞산 매화나무 가지
여드름 가득 타

겨우내
썰물 되어 머물다
밀물 되어 오르는 나무 수액들
산들녘
꽃망을 틔우네

어찌 이뿐이랴
우리들 가슴에
달짝 하고 알싸한
꽃물이 이는 것은
내 혀끝 침이 꽃처럼 고인다

가을의 끝자락

가로수 나뭇잎
바람에
나부끼며
어서 오라 손짓하네

평사리 들녘
섬진강
강물 흘러가듯
계절은 흐르고

사람들은
시간 초침 물래 돌리듯
기다려 주지 않는다

인생의 못다 한 연극
가을의 끝자락 나뭇잎으로 떨며
새봄을 위해
웅크린 수액을 다듬는다

소라의 나팔소리

해운대 백사장
모래톱 사이
밀물과 썰물 교차 되는
파도가 철썩이는 소리 따라
발자국 흔적 남기고
뒤돌아 파도가 흔적 지우는 지우개 되어

영역에 경계하는
푸른바다 파도는 보란 듯 일렁이고
숭어 떼 비늘 반짝이는
자유에 비상하며
지느러미 물결 따라
섬과 섬 사이 길을 트네

길가 소라껍질
내장은 어디 가고
하얗게 빛을 발해 또아리 틀며
커다란 입 벌려 파도 소리 칭칭 감아
지나는 뱃고동 소리 실어
바다를 노래한다

행복의 기도

겨울 아침
동쪽 하늘 일출이 오르면
금당* 뜨락 동백나무
빛을 반짝이며 눈을 뜨는 동백잎

감천항 해풍
감아 도는 추운 날
시련일수록 검붉은 꽃잎 피운
샛노란 입술 깨물 듯

꽃슬 뒤엉킨
늦은 동면 벌들의 유영
제집인 양 이 꽃 저 꽃 날아들고
낙화 꽃잎 붉은 카펫 드리운 길 지나

다가올 봄날 맞이하는
신혼 둥지 준비하듯
꿈에 부푼 웨딩 한 쌍 발걸음
힘찬 행복의 밀월이었으면 한다

* 금당 : 불상이 모셔진 곳을 금당이라 한다

동백꽃의 유혹

사계절 푸른 잎 반짝이며
바라보는 이로 하여금
젊은 기상 보여주는 동백나무
설경 속 뜨거운 꽃잎 하나

생동감 넘치는
검붉은 꽃잎 샛노란 입술
지나는 나그네 향기 취해
돌아본 꽃들의 웃음 보며

다가가 입맞춤하니
꽃잎 속 노란 꽃술
콧등 찍어주며 하는 말
오늘 그대 찜했어 하네

청설모의 마음

현해탄 건너
부산항 대교 넘는
둥근 보름달
천마산 철갑 두른
청솔가지 스치는데
감천 미로 낮게 뜬달
천덕수 우물 속
호떡으로 떠 있고
솔가지 청설모 바라보다
저 호떡 건져다
옥녀봉 할머니 드렸으면 하는 마음
팔이 짧아 건질 수 없는 심정
열여 섯 친구들 손을 빌려 호떡 건지는데
가녀린 솔가지 꺾여 낙상 되었으니
훈훈한 마음 따뜻함 애처롭고
다음 생 십육나한 환생하리로다

겨울 나들이

산은 산인데
눈이 쌓인 산이다
하얀 산길 오르며
뽀드득 소리가 경쾌하다
삼나무 숲길 사이 작은 발자국
먼저 온 흔적 치곤 귀엽다
하늘 높은 줄 모른 듯
직립으로 서 있는 나목들
잎이 무거워 가지만 달고 있는
가지 끝 상고대 꽃처럼 피워보네
떨어진 낙엽들 눈에 묻혀
녹은 틈새로 세상을 관조하고
썩어 숙성된 나뭇잎 무수히
입김 풀풀 나는 숲들의 기운
하얀 겨울 눈 속 새봄이 숨쉰다

풍경소리 들리거든

방바닥에 앉아
무심히 책갈피 넘기다
눈앞이 깜깜한데
귀에 걸린 안경을 벗어 손에 들고
차 한 잔을 마시며
손에 든 안경을 보는데
그래 안경도 두 다리란 걸
아뿔싸 나 역시 두 다리인데

나는 내 얼굴을 본 적 없고
안경은 깊은 자신을 본다
투명하게 안과 밖을 보면서
말없이 허공을 아우르고
침묵 속 사계를 거닐며
자연의 법문 소리 없이 흐르네

밖의 풍경

칠월 해 질 녘이었다
창문 열고 머리 위를 보니
하늘이 구름 한 점 없이 참 맑다
마주한 천마산 비상하듯 서 있고
좌우 오륙도 감천항에서 불어오는
해풍은 초가을을 느끼게 한다
첩첩의 마을풍경 펄럭이는 태극기
내 나라의 이정표인 듯
외인들에 각인시키듯 힘차게 펄럭인다
파도처럼 밀려오던 여행자들
코로나19로 인해 번잡함이 주춤하여
마을 담장엔 담쟁이 손에 손잡고
담을 넘듯 키재기를 하며
텃새들 자유로이 내 텃밭을 쫓는다.

* 2020. 7. 17. 금당에서

우보역友保驛에서

선암산 그늘 아래
위천 맑은 거울삼아
초록 물든 들녘 민들레
키를 재며 자라던 아이야
별이 된 엄마 고향 땅 언덕에 묻고
어린 가슴 그리운 눈망울
아버지의 커다란 손을 잡고 쫄랑대며
처음 보는 큰 집으로 갔다
함께 놀던 고추 친구 뒤로하고
아버지 여기가 어디인가요?
음 기차가 서는 역이란다,
너 기차 타보고 싶다고 하였잖니
그래서 그래서
오늘 멀리 기차를 타고 소풍을 가는 거야!
지금 겨울이잖아요? 겨울에 소풍 가는 게 아닌데
하얀 증기를 뿜으며 기관차가 달려왔다.
처음 타본 완행열차 역마다 정차하며 사람을 태우고
내리며 긴 철길 먼 시간 달려 종착역에 내린다
멀미가 나 초죽음이 된 나를 아버지가 가슴에 안고
별이 빛나는 어둠 속으로 걸어가셨다.

창문에 타향살이 시작의 아침이 밝아오고
그렇게 새로운 시작이었다 아이는

봄날에 보낸 편지

쌍계 다헌 벗에게
지리산 병풍 삼은 연빙재
살얼음 즈려밟듯
샛노란 산유화 가득하지요
꽃향기 꽃잎 물고
가지마다 마실 나온 병아리 보듯
눈에 넣어도 아프지 않을
그림의 상상이 다가옵니다
봄날은 소리 없이
이렇게 왔다 가지만
우리의 만남은 비말 앞
봄날이 있겠는지요

여름에 보낸 편지

쌍계 다헌 벗에게
매미 소리 긴 여운
성하의 찌는 더위
연빙재 내실은 시원한지요
화개천 물결 소리
은어 비늘 반짝이는 햇살
싱그러운 비상을 보며
바위틈 다슬기 산을 오르고
손에 든 부채
바람 저어 보지만
땀방울 삼복더위 감아 돌고
뜨거운 차나 한 잔 하시구려

가을에 보낸 편지

쌍계 다헌 벗에게
온 산이 벌겋게 단풍 들어
뜨거웁게 넘실이는
가실의 풍경 넉넉함 봅니다
산비탈 나무들 하나 둘
소임 다한 듯 낙엽 지우고
앙상한 가지 끝 달려있는
까치밥 이웃 나눔을 보며
그렇게 풍성한
위로를 주고 가는데
내일이면 입동인 계절
가까운 인연들 기약이 없군요

겨울에 보낸 편지

쌍계 다헌 벗에게
목압마을 하천가 벚나무
흰 눈이 쌓였겠습니다
뜰앞 산다화 가지 바람에 흔들리니
말 못 하는 벚나무
가지엔 머지않아
눈물겨운 여드름 틔우겠고
곧 꽃이 피겠지요
만남은 이렇게도
더디게 고요히 다가오는
봄날의 설레임
꽃이 피면 느낀다지요

새해에 보내는 편지
- 목압마을 다헌 벗에게

사백 엄동설한에
좌복 자리는 따뜻하신지요
입춘 멀지 않아 곧 화개천 열려
수증기 피우며 물안개 그리겠습니다
둘레 매화 여드름 토들토들
수줍은 가지잎 바람 흔드니
비바람 몰고 와 대지를 적시겠습니다
자연은 소리 없이 꽃이 피고 오는데
해를 넘기는 안타까운 비말로 인한
거리를 두고 있어 이렇게라도 소식 전합니다
소납이야 두문불출 여여 합니다만
발 달린 우리네들 얼마나 어렵겠습니까
이웃과 서로 건강하고 안전한 삶이어야 하기에
부득이 관제가 길어지나 봅니다
어려울수록 잘 협동하는 국민들 참으로
우리 국민들이 참 아름답습니다
곧 일상으로 돌아오리란 희망을 가져 보며
새해에도 늘 건강하십시오 다헌 사백
백 리 밖 산중 납자 금당에서

천마산에서

가파른 비탈길
순진하기만 한 것으로 알았다
꼬불거린 산길 발끝에 채이는 돌부리
하나같이 장애물로 다가왔다
속세를 떠나 산속에 왔는데
산속이 오히려 속세처럼 걷고 있고
더 깊이 들어가 보지만
어머니 젖가슴 같은 언덕도
오르지 않음 태산보다 높고
태산도 올라보면 그곳이
끝나지 않은 평길이란 것 실감한다
산산이 파도가 되어 출렁이는 어지러운 율동
내가 마치 육지 속의 항해일지 쓰듯 걸어가며
산새들 갈매기 인듯 이정표 되어간다

화살이 꽃이 되어   보우 시집・작가마을 시인선 56

제2부

숲길을 가며

개미허리 같은
산길을 자국 내며 간다
작은 풀잎 밟힌 자리
벗어나기 바쁘게
풀잎 일어서는데 아이쿠
괜시리 미안하여 온다
좋아라고 간 숲길
말 못 하는 풀잎 상처를 주고
순간 면상 화끈거린 태양 같은
자연 앞 겸손 바닥나는 지금
손에 잡힐 듯 나뭇잎 만지작인다
잎들은 산들바람 흔들며 반겨주는데
너희들에 줄 것이라곤
이산화탄소밖에 없어
숲에 들어 신선한 산소를 선물 받는
염치도 이런 염치가 있을까 보다
대꾸 없는 풀잎 햇살 반사되어
반짝반짝 말을 하듯 이야기 분주하고
돌아서 오는 길 숨 쉬는 숲을 보니
귀한 선물 숲은 지구의 마지막 허파니까

몽돌

누가 그랬다
바위는 영원하다고
변하지 않은 것이라며
예찬을 한 이가 있었다
돌의 본질은 변하지 않을지라도
모양 따라 안주함은 각각이라
바닷가 몽돌을 보라
자연이 주는 아름다운 작품
달처럼 반짝이는 둥근 표면
파도의 석공이 다듬은 미美의 역사는
어제도 오늘도 미래도 묵묵히 그렇게
출렁이며 징을 찍는다
얼마나 당당한가 힘차게 비상하듯
썩어 문드러질 한 벌 옷 나인 줄 착각 속
변함없는 단어가 무색한 허공을 만나며
서로의 품성이 당당하게 그 자리에 있음을
몽돌 아니 태산 같은 바위도 다를 바 없네
발끝에 풀잎도 그 밑을 기어가는 미물들도
하늘 아래 땅 위 함께 숨 쉬는 모든 생명의 내 이웃의 벗
그래서 아름답기 그지없는 선물 중에 선물이었다.

비움으로

삭발에도
서리가 내려
섬돌 위 흰 고무신
그마저 욕심일까
맨발의 흙 신도 괜찮은걸
풀잎 이슬 받아
차 한 잔이 족하고
채움보다 비우는 것
하루하루 내려놓고
버리면서 여백의 깨달음
필요 이상 쌓은 곡식
훗날 처마 그리운 이
배는 곯지 않아야 하기에
나눔은 발밑 생명도
관심을 갖는 것이다

감사함을 노래하라

세상에
태어남을 감사하라
부모님 인연 지음 감사하고
어린 시절 어른 되기까지
사계절 따로따로 풍경
자연의 가르침 감사하며
때론 바람과 함께 흔들어
숙성되어 가는 내면의 깨달음
작은 것에 감사하여
간소한 행장이 가볍다
한결 나비가 된 듯 하고
감사함 흙이 될 뼛속까지 시리다

뜰 앞 감나무 말이 없다

대지 위 태양과 비
바람과 어울 져
봄날 푸른 잎 피우며
가실 빨갛게 익는 홍시
잎과 홍시 가지 끝 견디다가
잎 지고 낙과되어 가지만
요란스럽지 않고 오며 간다
한 생명 태어나
푸르게 살다가
늙고 병들면 고통이 따르지만
마음 비우고 편안함 가지라
늙고 죽는 것 걱정하지 마라
이 모두 자연의 현상이니
거스르면 괴로움 따를 뿐이다

고통 없는 인생은 없다

삶은 무엇이냐
어떻게 하면 뜻깊게 사는가
세상 어떤 피조물도
내 삶을 대신할 수 없는 것
발아래 개미와 소통되면
개미야 나 대신 죽어 줄 수 있냐고
아마 나 보고 사이코패스라 할 것이다
개미의 생명이나 그 누구의 생명도
함부로 다룰 수 없는 존재임을
묻는 자체가 모순이며 자연의 역행이다
인간의 죽음 앞 빈부의 격차로
자살하기 드물며 많은 사람들이 고통 속
죄없이 죽어간다는 것을 과거 현재
전쟁과 분쟁 속 절망적인 생체로 죽어가면서도
고통의 노래를 부르며 처지가 어렵더라도
삶 전체는 그렇게 의리가 있고
인생을 의미 있게 값지게 살려면
육신의 생명보다 인간 생명을 찾아야 한다
세상 모든 것 얻었다 할지라도
자기 목숨 바꾸겠는가 육신의 생명은

이웃과 사회 나라를 위해 얼마든지 바칠 수 있다
또 누구든지 잊어서는 안 되는 인간 본성의
생명이 있다는 것은 죽어서도 살아 있음에
인간이 무엇이냐 인간으로서 흑백논리를 초월한
자연계의 평등한 존엄의 존재이기 때문이다
고통과 죽음도 의로운 실천은 만고에 살아 있음을
그래서 인생은 고통 속에서도 꽃이 피는 것이다

소나무 이야기

노송 한 그루 있어
씨앗 둘 바람에 독립시켜
인연 따라 떨어진 곳
삭 틔워 자라는데
한 씨앗 모래언덕 자리하고
다른 씨앗 바위틈 자라며
어느 날 모래톱 건장한 소나무
바위틈 자란 소나무에게
키도 작고 추하게 자랐느냐 한다
여름 태풍이 부는 날
이웃 건장한 소나무
뿌리가 뽑혀 누워있고
키 작은 소나무 하는 말
어려움 모르면 그렇게 되는 거란다

힘차게 일어나 보세

인생을 살다 보면
힘들고 머리 아플 때가 많을 게다
사람과 물질 없는 요량 하여
애착을 비워 살아 있는 마음 가져라
끊어진 곳 다시 삶이 있기에
실패를 했다 하여
인생을 포기해서 쓰겠나
우울증과 한 잔 술로
주저앉을 일이 아닌 걸
땅에 떨어진 낙엽을 보라
무수히 밟고 밟힌 낙엽이
무슨 가치가 있겠는가
하지만 비바람 허공 훌훌 나는
낙엽도 참 멋스럽지 않니
밟으면 바스락이는 비움 자존감을 남기는데
하물며 만물의 슬기로운 영장인 우리가
인생의 삶에 실패했다고 주저앉으면 되겠는가

어려운 이웃 겨울나기

동장군 바람 속
도시의 그늘 밤길 있어
좁은 미로를 걷는다
산비탈 늘어선 계단
하나씩 밟고 올라
용두산 타워
등대처럼 반짝인다
웅크린 둥지 연탄 불꽃 보며
겉은 검지만 속은 밝고 따뜻해
너를 믿고 겨울날 것 같다
밖은 연신 입김 연통처럼 피지만
따뜻한 아랫목 입김 사라지는 포근함
하루의 피곤 여기 잠들다

새해 아침에

둥근 지구를 타고
새벽에 별을 끌며
아침을 맞으러 간다
해가 뜨고 달이 뜨는 것이 아닌
서로서로 자전할 뿐
비대칭 스쳐 지나는
낮과 밤 역마가 끌 듯
때론 구름 그늘에 갇혀
종일 몇 날 며칠 볼 수 없는 빛
땅끝까지 달려 맞이하는
새 아침의 햇살이여
파랗게 번지는 대지의 초록빛 희망
붉게 다가오고 푸르게 다가가는
다람쥐 쳇바퀴 돌 듯 힘차게 돌아
낮게 낮은 곳 작은 풀씨까지
따뜻한 꿈을 키워 펼쳐라

한 벌 옷 없는 요량하라

삶을 살아가며
여러 허깨비 같은 인연
불세출의 영웅과 밑바닥 인연도
그냥 지나치는 인연도 있겠지만
저마다 귀하지 않은 인연이 있던가
잠시 맡겨진 가진 것으로
금수저 흙수저로 유세 떨지 마라
보름달 가리키는 내 손끝을 보라
저 달처럼 둥글게 살아가길
늙고 병들어 고통스러움 빼고
얼마만큼 인간으로 행복하게 살았을까
우리가 물 한 모금 마시며
아무런 생각 없이 물맛에 몰두하였을지
그러니 잘 난 체하지 마라
걸친 옷 없는 요량하며 꿈을 키워라

새들의 정거장

대지 위 하늘 아래
허공에 나는 새들아
수많은 세월 흘러흘러
함께한 텃새와 철새들
물 한 모금 부리에 적셔
목을 축이고 밭이랑 사이
꿈틀이는 벌레 물고
배를 채우는
너희들은 허공에 날으다
지치면 쉬어갈 곳은 어디더냐
산 넘어 절벽 사이 디딜 곳 없는 세상
그 옛날 푸른 숲이 그리운
삭막한 빌딩
빌딩풍 가르며 비상은 하지만
잠깐 아스콘 바닥에 떨어지는 자존심
이제는 알겠네
하나같이 아래로 떨어지는 하심
쉬어 가는 미루나무 정거장이 아쉬워짐을

나눔의 거울

세상사 어떠한 생명이든
태어날 때 무엇 하나 가지고 온 생명은 없다
수명 다해 생을 하직할 때
아무것도 들고 가지 못한다

서로 베푼다는 것 거리가 멀다
본래 우주에 내 것이란 없지 않은가
물질을 잠시 가지고 있을 뿐
모두 함께 나눈다는 것

나눔이 물질만이겠는가
이웃을 돌아보고
기뻐하는 것 따뜻한 말
눈웃음까지 나누는 것인걸

정신적이든 물질적이든
많은 것을 가지고 있다 하여
황금 수저가 아니지 않는가
손잡아 주는 당신이 나눔의 거울이라네

침묵 앞에서

해질녘 앞산 내려와
그림자 뜨락을 채우는데
어머니의 품속 같이 닮았다
풍성한 품속
질서가 있는 스승이다
어릴 적 엉덩이 토닥이던 하얀 손
마디마디 철갑 두른 굳은 주름
얄팍한 알음알이 지식은
모정의 따스함 앞에 해제되고
가마솥 아궁이 불길 속
타닥이는 불꽃들 우주의 언어일까
침묵으로 타는 장작불
그저 침묵 앞 아궁이도 말이 없다

동백나무 아래서

지난밤
처마의 풍경소리
도량을 요란히 지키더니
구석구석 동백꽃
낙화되어 웅크리고 있다

밤새 이리저리
바람에 휩쓸려
옹기종기 모여있는 꽃잎
뒤척이며 얼마나 힘들었을까
계절 동안 감사한 마음 가득 타

검붉은 꽃잎으로
아름답게 모두를 반겨주던
꽃들의 일생
이별을 고하는데
두 손 빗자루 쓸면서

올 때 주머니 없었고
갈 때 주머니 없는걸

한 수 배움 앞

눈물겹도록 반가운 깨달음

눈가 검붉은 동백꽃 피었네

송년의 기도

한 해의 마지막 달
하루하루 지우며
지나온 시간
스쳐 간 수많은 인연 앞에
감사함 일어나게 하소서

마음먹은 모든 일
뜻대로 되는 것 없어도
숨 쉬며 고만하게
대지 위 발붙여
서 있는 것으로 위로하며

지나간 모든 일
아름다운 연극이었음
감사하는 마음
소복소복 소리 없이
하얗게 백야가 되는

가는 해 잘 갈무리하여
산뜻한 송년이길

두 손 모아 모두에게
간절히 건강하길
기원드리며 기도합니다

소리 없는 미소

동백섬 바닷가
햇빛 반짝이는 몽돌
유유히 흐르는 돌 틈 사이
물길 갈래 발등까지 밀려오는
파도의 손 길게 짧게
밀었다 놓으며 돌을 굴린다

입안 건더기
잘근잘근 씹어 굴리듯
목구녕 넘어간 음식처럼
생명의 활력소 허공에 헤엄치는
수많은 걸음 걸음 앞에
저 몽돌 빛나는 보석을

자연의 손길
해풍에 밀려 철썩이며
부딪치는 파도의 손
징을 쪼듯 반복되고
깎이고 부서지며 다듬어진
각양각색 각이 없는 소리 없는 미소

텃새들의 꿈

저 허공의
구름 위 올라앉으면
하늘에 들어갈까
길을 몰라 헤매이는 텃새들
구름 위 내려 보지만
늪지로 빠지듯
내려내려 도로 나뭇가지 앉는다
길을 찾아 다시 날아올라
신축 빌딩 위 앉아
떠가는 구름 보는데
허물어지는 빌딩들 상처만 안고
밤하늘 달빛 가로등 아래
흐트러진 깃털 다듬는 텃새 한 마리
밤새 꿈속에 하늘로 가는 꿈을 꾸고 있다

아침 산책길

아침 앞산 오르며
떠오른 햇살 가슴에 품고
산 위의 돌탑
탑돌이 하여 본다
하늘 솟듯 쌓은 탑
산책길 오는 이 가는 이
하나씩 올린 소원의 기도
돌탑 안으니 따뜻함 가득 타
오늘도 이렇게
감사함 가지게 하여준
산을 오르는 모든 이에
행복 가득 하시길 바란다

빗물이 꽃이 되어

비가 내린다
하나같이
바람의 예술로
빗살 되어 비스듬히 그렇게
땅 위 서 있는
높이의 순서대로
와불로 누운 대지와 호수에도
꽃을 피우며 퍼진다
그 꽃들로 하여금
생명이게 하면서
질퍽한 세상 모두가 꽃으로
환하게 웃음 짓는 꽃이 되면
길을 가는 아이가 보면서
그것이 희망의 꽃으로 필 거다

화살이 꽃이 되어   보우 시집 · 작가마을 시인선 56

제3부

봄에서 가을까지

한길 물 속 잴 수 있어도
내 마음 깊이는 알 수가 없네
뚜렷이 이거다 하고
눈에 보이지도 않지만
손에 쥐어주지 못해 미안하며
언뜻 재듯 가늠해 보지만
그대의 마음 깊이 더더욱 알 수가 없지
혹시 아라비아 숫자 따라가면 알 수 있을까
그래서 알아지면 서로의 내면 들어간들
그 깊이 얻지 못할 걸 알면서도
그대의 마음 얻고자 분주한데
애착의 시간 털어버리는 시절 도래하여
스치는 바람 껍데기는 사위어 가고
분명한 것은 가을 속 봄맞이 꽃이 핀다는 것
정말이지 서로 아름다운 한판 연극 아니던가

찻잔 속의 명상

두 개의 똑같은 찻잔을
차탁 위 두고
똑같은 높이로 차를 따르는데
한 잔은 찻물이 줄지 않고
옆의 차는 차츰 줄어드는데
번뇌가 비상하는 수증기 앞 맴도는
차향의 유혹인가
보이는 것 생겼다 흩어지는
욕심낼 것 무엇인가
마음의 눈으로 보라는
죽비소리 번개 갔고
차를 올린다는 마음 내어
올리면 찻물은 줄어들고
올린다는 생각 없이 차를 올리면
찻물은 줄지 않는 금샘이더라

거울 속 그림자일 뿐

여보게 들
사람으로 태어나길
그대 손톱 위
때만큼 어렵다네
전생 사람이었던 자 없고
다음 생 사람으로 태어나길
장담할 수 없다네
우리는 소수점도 안되는
한 점 수정란일 뿐
모정의 자궁 속 풍선 되어
지금의 껍데기로 자라나
이것이 전체인 듯 떠벌리고
한치 앞 절벽
살피지 못하는 삶
나는 다시 태어나
당신을 사랑할 거라고
나부대지만
불가능한 것을 가슴 저리게
사람으로 태어나 구르는 수레바퀴
만나기 어렵고 하여
어찌 껍데기 속 씨앗을 찾지 않으리

혜초慧超를 만나다

이역만리
실크로드 길을 걸어
저 높은 설산을 넘어
나란다 대학으로 유학을 가신
맨발로 넘었을 아득한
산과 들 강 사막을 건너
법을 구하러 가신 님의 의지
왕오천축국전을 후대에 남겨주신
거룩하신 님이여 고국에 왔지만
왔다는 흔적조차 찾을 길 없어
속세의 실망스런 광경 오대산 산야에 묻혀
열반하신 그 옛날 님의 아쉬운 충고
신라의 망국을 달렸다
천축국 나란다 대학 무너진 건물 잔해
귀퉁이에서 한 평 남짓한 숙소에 들려
7세기 납자와 21세기 납자와의 만남은
그저 말이 필요로 하지 않았다
무언으로 말하고 무언으로 답을 받고
돌아서는 발길 합장하며 스님 감사합니다
한없는 감사를 드립니다 편안히 영면하소서.

혜초 스님은 한 손을 들어 흔들어 주셨다
여보게 스님 가고 오고 걸림은 없지만 잘 가시게 합장

＊2018년 1월 17일. 인도 성지순례 중
　과거 '혜초' 스님이 수행한 나린다 대학에서 기록

텃밭에서

텃밭을 바라보며
내 마음의 열매가 알알이 달려 있다
고추와 가지 방울토마토 밀감 하며
또 한켠엔 녹차 열매가 다롱다롱 달린 것을
아직도 더 달리려고 총총히
하얀 별꽃을 피우며 바람에 어지럽게 흔들린다
저들도 음지에서 뿌리내려
태양을 보고 서 있을 거니
그 아래 뽑아놓은 잡풀은
와불로 누워 해탈을 맞이한다
언젠가 내 마음의 잡풀도 와불로 누울 때
하여 적멸이라 이름하리

＊2020. 7. 19. 금당에서

다가온 인연

오늘 전생의 업이었던가
아마도 내가 갚아야 될 빚이
있었던가 보다
청년 시절 떠돌던 방황 속
청춘에 모든 걸 던지고 출가하여
한길을 택한 만행의 세월
수행은 끝없이
꼬리를 물고 고난의 숙제를
나에게 던지고 있다
삼천 년 바라보는 절 집안의
이력이 말해주듯 계율은 계율이다
아마도 이것이 없었다면
불교는 파산하였을지도 모른다
하지만 원효는
왜! 그랬을까?
원융무애의 행위가 무엇을 우리에게 던졌을까?
파계를 하면서까지 무애행을 한 까닭
난 생각한다
나를 던지고 대중 교화에 몰두한
화쟁 사상
화살처럼 가슴에 박힌다.

말 없는 친구

어두운 밤
세상을 비추는 빛으로
너보다 더 밝은 빛이 있으랴
낮에는 등 뒤를 비추는 낮달 되어
일몰까지 하늘가 기대어 휴식을 취하며
언제나 높이 떠서 바라보는 너
때론 구름에 가려 모습은 감추지만
그래도 말없이 할 일을 하는 너를 보며
말을 걸어 보지만 언제나
공허하게 들려오는 것은 메아리뿐
비가 오나 눈이 오나 바람이 부나
그 벽 사이 사이로 한줄기 교감은
대지의 생명 생명에 양육의 힘을 싣고
풀잎 입술 떨림 이슬 머금은 보석 속 그 속에
너의 잔영이 방울져 목마름을 적시고
나는 왔다가 가지만 너는 언제나 한결같이 그 자리에
동공을 굴리듯 돌고 있겠지 말 없는 친구야
헤일 수 없는 시간의 흐름 어제오늘 지난 시간
미래의 흐름까지 우주가 멸망하지 않는 한
언제나 그 자리에 말없이 있을 친구여 안녕

자연이 주는 경전

꼬부랑 실뱀 같은 숲길
허공에 바람이 불며
서쪽 하늘가 구름이 모여들고
비가 오려는지
나뭇잎 스치는 소리 새소리
계곡의 물소리 짐승들의 발자욱 소리
내 발자욱 소리 나뭇가지 꺾이는 소리
저 소리들은 무엇을 말하려 할까
가까이 가려 해도 여기저기 소리 들려
어디가 어딘지 모르게 화음 소리
둥지 아래 처마의 풍경소리
뎅그렁 허공에 물고기 한 마리 헤엄친다
새들의 날갯짓에 마음 하나 날아보고
꽃들이 피는 봄 가을 웃음 짓는
벌 나비 초대하는 아름다움
팔만 사천 화엄경 이곳에 있는데

나에게 보내는 편지

그대에게 이 편지를 쓰면서도
가깝고도 먼 그대를 사랑하네
내가 그대를 만나고 싶어 이 편지를 보낸 다우
깊숙한 혈관을 타고 수고스런 걸음 하여
내가 보낸 편지를 받으려면 한참을 기다려야 하겠지
그 깊이가 얼마인지 모르지만 거기까지 체부가 갈 수 있
을까
아마 우표가 없을지도 나 그대를 꼭 만나야 되는데
참으로 만나기 어렵구나 찰라에 그대를 볼 수 있겠지만
아둔하게 지금껏 밖에서 그대를 찾아 헤매었네
그걸 알기까지 수고로움 없진 않았지
아마 평생 만나지 못할 수도 있지 않나 싶네
거울 반사경이라도 있음 안쪽으로라도
비추어 볼 수 있을까 비춘다고 보아지는 그대가 아니지
누군가 그러더군 뜰 앞에 잣나무라고
꽃이 피니 봄이 온 것이란 느낌
이렇게 껍데기는 아둔하기 짝이 없네 그려
모든 것이 소리 없이 바람에 흔들리며 오는데
그대 역시 소리 없이 답신이 오겠거니 하고
마냥 기다릴 수는 없지 않은가
오늘도 벽 없는 벽을 마주하고 벽이 되려네

우리가 바람이 되어

그대도 바람이었고
나도 바람이었다
우리 모두는 바람으로 온 거지
생명체든 식물이던
우주에 움직이는 것은 바람이라
무시무시한 태풍도
잔잔한 순풍도 바람이고
나무와 숲 꽃들을 흔드는 것도 바람이니
들녘 저 꽃들은 바람의 힘으로 번식을 하지
아마 미지의 땅에 희망을 키울
어머니가 될 준비를 하고 있는 지도
그러나 우린 갈 때가 되어 가려 하지만
가는 것도 인연이 맞아야 한다
습도와 불 바람이 만나야 갈 수 있는데
바람만 일으킨다고 가지 않는다
서로 서로 합의가 되었을 때 온전히 갈 수 있는 것
무조건 불태운다고 가지 않는다 연기만 피울 일이지
그래서 오늘도 움직인다 움직임 자체가 바람이니까
하늘이여 휘윙하고 바람 불면 반가웁게 맞아주오

나부끼는 마음

활자의 책이라는 것
인문사회 정치경제
자연과학 줄줄이
삼국지 허균의 홍길동전
현대의 소설 시
동화 수필 만화
심지어 수많은 경전까지
지식 한가득
한 문장 보며
그림 그리고 지우며 웃고 울고
넘어지며
깨어지는 상처 속 방황하여
보지만
검은 머릿결
흰머리가 되도록 지식은
앵무새일 뿐
지혜일 수 없는
사蛇 허물 같아
찰라에 읽어온
책과 문장이

깃발이고
마음이 바람이더라

해바라기 일생

눈앞 풀잎
바람에 흔들린다
고개 꺾인 해바라기
대지를 보며
방긋 웃음 피우는데
어느 날 나비 한 마리
나풀나풀
날개를 펴며 꽃잎에
앉아 꽃물을 뽑는다
때때로 목마름 적시며 왔다 가기를
한철이 지나가듯
그렇게 왔었는데
이젠 노크도 없네
잘 날으고 있는지
그래 잘 날고 있겠지
어느덧 해바라기도
많은 시간이 흐른 뒤
윤회를 위하여
시간을 준비하며
잎을 대지에 떨군다

참선

죽비소리 탁 탁 탁
가부좌 창을 열며
풀잎 위 동그란 이슬
귀와 눈 열어보고

들끓는 마음의 불
툇마루 내려놓는 물방울
반짝이는 빛과 소리
그 안 행복 가득타

알음알음 어디서 오며
사립 밖 있지 않고
뜨락 한가득
꽃들은 가리키네

산 계곡 흐르는 물소리
보고 듣는 그 마음
나그네 누구더냐
쥐어진 주먹 펴니 흔적이 없는데

삶이란

내것 네것이라는 소유물 속
죽음을 두려워한다
분별의 번뇌망상 미로가 되어
삶은 누구의 것도 아니라 그냥 있는 것

영생이란 것 어디쯤 있는가
아서라 한바탕 둥근 무대일 뿐
그 무대 위 아름다움 다하며
살아갈 수 있음 그것이 모두다

탐욕심 집착의 끈 놓을 때
풍성한 삶의 원상이며
한 벌 옷 집에서 벗어나면
조금도 생사 두려움 없어

둥글게 둥글게 흐르다 보면
해묵은 껍데기 던져 버리고
새로운 삶 어느 날 소문 없이
머물던 곳으로 돌아와 있네

깨달음의 자리

다슬기 꼼틀거려 산을 오르며
갈래 길 고붓고붓 아지랑이 이어가는
번개 같은 물이랑 머리띠 감고
풍성한 반딧불이 비상의 날개 펴는

어두운 밤길 발아래 바라보며
명안의 등 밝혀 가는 길 비추고
도반 자취 따라 언덕 넘나드는
모두 위한 사랑의 실천이라

바탕이 깨끗한 우리들 마음
흙탕물 정화하듯 나눔으로 맑히고
가슴 속 싹트는 순간순간
어느새 그 자리 새싹 돋았네

자유가 뭐길래

사람들은
자비스러워지고 싶어한다
존재의 가치를 알고 싶어 하고
이웃에 즐거움 주려 하며
그냥 바라만 봐도 충분들 한데
무엇이든 소유하려 한다
제 것도 아니면서
막상 가지면 흥미가 사라진다
소유하려 들면 소유하는 순간
번뇌와 고통 따른다
무심히 보는 것은 신비로움 수명이 길다
한 벌 옷 누가 달라면 줘버리고
소유하지 않음 자유로움 아닐까

웅덩이의 호떡

영축산 그늘 아래
깊은 계곡 천년을 휘감고
흐르는 물줄기 거울인 듯
통도사 금당 사리
계단이 되었어라

맑은 물웅덩이
그리메 호떡 있어
굴참나무 가지 위 다람쥐
손 비벼 건져 올려
부처님께 공양 발원

오백의 벗님들
한결같은 마음 내어
한팔 이어 손에 손잡고
나뭇가지 꺾여 목숨 바친 다람쥐
오백의 나한 되어 불지가 되었어라

간절한 소망

소멸되어 가는 시간
생명이란 태어남과 함께 소멸되고 있다
누구도 그것을 막을 수 없는
둘레길 청솔가지 청설모 마주하는 눈빛
인연 따라 내일 기약할 수 없는
그래서 언제나 이웃이 필요한
존재로 살아가길 소망하며
잠시 잠깐 맡겨진 형상들
모두 비우는 마음 간절하고
대지 위 고통받는 무수한 생명체
세상사 생겨난 것 저마다 쓰임 있을 터
방향계 흔들리는 영혼들
감나무 홍시 떨어지길 기다리는 안타까움
각양각색 나한들 즐비한 미로 속
하심의 다섯 점 죄 없는 목탁 소리만 지르는데
등신불 마주한 이 한 몸 쓰임 있기를 머릴 찍고
잠자는 나의 소를 깨워본다

벽 속의 주인 찾아

찻잔 속 뜨거운 물
유체하듯 수증꽃 허공에 피고
숨 떨어진 벽
눈 있어 볼 수 없어
귀 있어 들을 수 없는
안과 밖 둘 아님을
몸과 마음 반짇고리 되어
텃밭 호미질 하늘 땅 상처 내며
숨은 돌 들쳐 내고 꿈틀이는 지렁이
텃새 돌려 옆 땅 숨겨주는
반야 밭 호수 연꽃은
흙탕물 그리메 거울 같고
홀로 하늘 기둥 구품의 숨결
들숨 날숨 멈춘 자리 적멸로 살으리

지난 일기 1

– 꿈속에 문수보살 친견

지나간
일기를 돌아보며 동지섣달 어느 날
걸망을 등에 붙이고 왕대나무 잎
칼바람 검무를 보며 소금강산 천년고찰
백률사 산문에 든다
방을 잡고 누웠는데 꿈속 사자 두 마리
툇마루 좌우편 앉아 있어
일어나 문 열고 밖을 보니 사자는 간데없고
찬바람 아랫목 차지하는 개그를 한다
맑은 밤하늘 별들은 초롱초롱 점점이 박혀있고
설잠은 간데없고 정신만 번쩍인다
문수보살 나투셨다 생각하니
뼛속까지 오한이 찾아드는 닭살로 돋아있고
아~ 이곳이 이차돈 성사
순교성지 도량 그제 사 깨닫고
천일의 구도 수행 문수보살 외호 속
여법하게 가르침을 받으리라 다짐하며
산사의 종각 범종 소리 산문에 퍼진다

* 2005년 12월~2010년 2월(수행중)

지난 일기 2

- 하산의 가르침

행자는
천일 구도 수행 마치고
한해를 더 백률사 도량 기도를 하며
만 사 년이 되는 정월 어느 날 밤
꿈속 행자는 밤 기도를 마친 뒤
방문 앞 툇마루 올라 문을 여는데
방바닥 개미들이 발을 디딜 틈없이
방안 가득 점령하고 있어
일어나 시간을 보니 축시가 지나고 있다
물을 한 잔 마시고 정신을 차려
아~이방의 새로운 주인이 오는구나 혼자 되내이며
문수보살께서 이제 행자는 하산할 때라는
무언의 암시 같은 표현으로 받아들이고
조용히 새벽예불 드린 뒤 조식 공양 마치고
백률사 주지 스님께 그동안의 외호에 감사드리고
하산 인사하며 산문을 내려왔다

* 2010년 2월 어느날(당시 백률사 주지 성암스님)

불시착의 세계

말 없는 조약돌 하나
인간의 삶에 근원일 수 있듯
나는 누구인가 어디로부터 와서 어디로 가는가
무엇을 위해 살고 내 삶의
참 의미와 가치는 무엇일까
과연 부모님으로부터 이 세상에 오기 전 우리는 무엇이
었던가
음양의 사랑 행위로 액체 속 씨앗으로 발현되어
나라는 존재가 태어났다 내 의사완 관계없이
태어난 아이가 원하지도 그렇지 않을 수도 있겠지만
처음부터 모순 속 땅에 씨앗을 떨구는 하늘처럼
번식 본능이라는 꼬리 달린 꾸물거리는 수많은 정자
그중 한 정자만 선택된다는 것 일란성 이란성 쌍둥이도
있고
다란성 다둥이도 있겠지 신비의 경지라 할지라도 나머지
수많은 정자는 왜 죽어야 하는가 유기체의 공평하지 않은
탄생의 아이러니이다 인간들만 그러겠는가
우주의 모든 생명체란 생명체 번식을 위한 행위를 하고
있으며
씨앗은 언제든 인연의 상대를 만나면 씨앗을 받아 수정

하여
　새로운 생명을 또는 열매를 맺는다는 것은
　적어도 하나의 탄생 질서이겠지만 씨앗 이전에
　나는 무엇으로 설명이 될까 어떠한 유기체의 물질이든
　물질 이전의 것은 무엇으로 설명이 되며
　불가에서 말하는 공의 세계라고 의식이 없는 무의식의
세계라
　설명되지만 그 무의식의 세계도 소수점 내지는 미분적으
로도
　나열하자면 그 수학의 원리를 따라가는 끝없는 미로의
　길과 같은 생명 탄생의 원초적인 미로의 생명체들
　인간의 몸 수많은 세포로 이루워진 유기체인데
　이 유기체를 끌고 다니는 그것이 과연 누구냐는 것이다
　또 세포들이 세포 자체 꾸물거리게 하는 그것이 무엇이
냐는 것
　생명의 물질은 흙과 물 불과 바람으로 구성되어
　생 곁 다 흩어지곤 하겠지만 몸체를 세포를 움직이게 하는
　비물질적 실체는 눈 있어 볼 수 없고 손 있어 잡을 수 없는
　정신세계 허공과 같은 공의 세계 안과 밖이 없는 수레바퀴
　생명은 왜 죽는가 태어났으니 죽는 거라

태어나면 반드시 죽는 이치인데 죽는다고 죽는 것이 아니요

산다고 사는 것이 아님을 죽음과 삶이 동일치라는 것

그래서 두려울 게 없는 것 그런데 왜 불안한가

그것은 삶의 애착 번뇌가 가득하기 때문이며

생로병사 미로 속 인과응보의 세계로 뿌린대로 거두는 현상이니

콩 심은데 콩 나고 팥 심은데 팥 나는 윤회의 연극이며

이 연결 고리가 어디까지 이어져 있는지 따라가는 길이 아니라

그것을 찾는 산 넘고 물 건너 결국 내 안의 거울을 보는

수행이 아닐까 깨달음은 쉬어가는 데서 깨달음이 있고

흐르는 물은 쉬어가면 물빛도 맑아 바람도 쉬어가면 허공도 고요하니 구름도 쉬어가면 하늘도 푸르고 대지도 쉬어가면 옥토가 되는 것이다

과거 현재 미래 한결같이 늘 우리와 함께하는 의문의 정신세계

올 때 주머니가 없듯이 갈 때도 주머니가 없다는 걸 명심하세

제4부

썩은 배 용광로가 답이다

타던 배 버리고

생뚱맞게 큰 배 오르더니

차려놓은 밥상 숟가락 얹는다

티격거리던 두 눈 부라리며

어제 주머니 양손

들어 보이더니

한차례 삐졌다 돌아와

함께 웃음 짓고

기생충 가득한 썩은 배

도대체 모두가 마음대로네

그렇다면 여기 까지라며

무관심 걸음 앞

배는 산으로 가듯

암초 만나 좌초를 한다

구조를 기다리는 선원들

혼돈의 바다에서

선장을 끌어 내리려 나잇값

못하는 쇼맨들

산 아래 빈 들녘

텃새만 가득하네

향기로운 하심

삶의 곰팡이 같은 행위
곰팡이도 삶에 꼭 필요한 세균이다
긍정적인 세균은 도움 되지만
부정적인 곰팡이는 자신과 사회 해를 끼친다
내다, 나다 하는 위정자들 곳곳이 곪아 터지는 상처처럼
사회와 나라에 병들고 있는 것도 모르는 세균들
하나에서 열까지 까발려 서로서로 증오만 가득하고
무엇이 현실에 중요한 것인지 심성에 미래를 볼 수 없는
다수의 선량들은 안타까움만 자아내게 한다
모두들 자신을 내려놓고 조용히 앉아 숨을 쉬라
눈을 사십오도 아래로 실눈 뜨고 정지하여
명상에 들어보라 무엇이 자신을 고통스럽게 하는지
처음 귀에 윙윙거리는 소리 지나면
숨소리도 조금은 거칠고 피부도 간지럽다
마디마디 관절 잔 고통이 울리며
차차로 전체 기운이 평정되면
공중부양 된 것처럼 일신이 뜨는 기운을 느낀다
마음속으로 나는 누구인가 되짚으며
참 삶의 가치는 무엇이며 존재의 의미는 무엇일까
걱정도 욕심이지 않은가 그러면 내면의 소리를 들어라

우리들 몸엔 세 가지 삶의 수행자가 항상 있다
선한 수행자, 악한 수행자, 악하지도 선하지도 않은 수
행자
어느 것도 한가지로 합을 이루면 바로 실천의
행동을 옮기는 냉정하기 그지없는 수행자의 행동이다
마음 수행을 통하여 선한 마음으로 가지길 노력하는 것이
삶의 가치이며 이웃을 아름답게 하기 위한 것이
존재의 의미 아니겠는가
무릇 현재의 위정자들이여
탐심을 내려놓고
캄캄한 밤길 내 주변을 살펴보라
새롭고 향기로운 세상이 눈에 들어온다네

겨레의 봄날은 오는가?

한라와 백두의

흙이 섞이던 날

4월의 하늘이여!

청솔은 푸르러 봄은 한결한데

촛불 함성

겨레의 메아리 울리고

그 터전 반도의 허리에서

마주 잡은 손바닥 천지의 물이 고인다

지난밤 꿈이

꿈이 아니길 두 손 모아

무거운 발길 실선을 오가며

칠순을 바라보는 언덕에 평화의 꽃 피우길

칠천만 겨레여!

손에 손잡고

두 손에 심은 푸른 청솔

봄날은 영원하듯 통일의 그날이여!

* 문재인 대통령과 김정은이 판문점에서 만나던 날을 기록하며

마음이 곧 부처이다

삼라만상 널려있는 불언佛言
숲속 새소리 벌레 소리
물소리 바람 소리 소리소리
한량없는 시간 시간 흐르며
끝없는 가르침 충만한데
첩첩 쌓인 아상我相의 검은 구름
어리석은 껍데기 허물과 같고
손 있어 쥐여줘도 모르는 강아지
망태기 보지도 않더니
밖으로 헤매인다
앉아 천 리 서서 만 리 간다 한들
허송세월 원적圓寂에 가까웁고
나락이 고개 숙인 계절 오면
낱알 세워보니 한 알 한 알
보석 같은 적멸寂滅이더라

팬데믹 시절 보낸 편지

화개 목압마을 다헌 사백께
요즘 잘 있느냐고 안부 묻기가
여간 민망할 때가 없는 시절 상황입니다
우리 시대 어쩌다가 왜란 단어가 무색하게
갑자기 닥쳐온 코로나 전염병 과거 유럽 흑사병
그리고 지나간 여러 전염병 없지는 않았지만
지금 우리에게 다가온 전염병은 많은 이를
당황스럽게 하고 있으며 수많은
희생을 치르고 있는 세계인들이
가족과 이웃 거리를 둬야 하는 현대판 이산 인가 합니다
비말의 마스크 앞 가림막 곳곳에 거리를 두는 현실
보고 싶어도 만나고 싶어도 눈치 보이는 일상
웃지 못할 환경이 우리들에 무겁게 다가옵니다
팔십억 세계인구 각자도생 하듯이
그렇게 사이좋은 나라도 서로서로 국경을 닫고 편 가르
기 하는 상황을 보면
눈앞이 캄캄하여 옵니다
결국 올 것이 온거다 생각하면 가벼울 수 있으나
오히려 늦은 감 있지 않았나 하고 각성을 하여 보곤 합
니다

지금껏 지구 환경에 대한 경고는

누차 과학자들로 하여금 메시지가 나오곤 하였지만

우리는 귀를 닫고 있지 않나

자문하여 보아야 할 것이지만

막상 이렇게 되고 보니 감당이 안되는 현실 앞에

이산화탄소 과부하가 보여주는 과정입니다

우리가 뿌린 것 우리가 받아야 되는 상황 아니겠습니까

저탄소 우짜고 저짜고 하면서 서로에게 책임을 돌리는

기회주의적인 몰염치를 보고 있습니다

도대체 이타적인 대라곤 찾을 수 없는

너와 나 할 것없이 모두가 발 벗고 나서도

될까 말까 한 전 지구적 시대적

시급한 환경 상황을 미적거릴 일이 아닙니다

기후변화로 엘리뇨 현상 남극 북극 고산의

만년설이 녹고 있습니다

강물과 바닷물이 범람하고 가면 갈수록

더욱 심한 자연 생태계가 변화될 것인데

많은 과학자들이 오래전부터 대비하는

연구를 하여 오지만 그 속도를 따라가지 못하는데

심각함이 있다 하겠습니다

화산분출 지진 해일 홍수 폭설 태풍
산사태 싱크홀 산불 가뭄 전쟁 분쟁 난민
농작물 피해 기아현상 기타 등등
지구 곳곳의 상처투성이 전염병까지
여러 곳에서 백신을 연구하고 생산하고 있지만
확실한 백신이 없고 보면 생체 실험하듯
접종을 하는 현실 그러다 다수의 생명이
쓰러지기도 하는 고통을 안겨주는 것을
이제는 끝낼 수 있어야 합니다
세계 유수의 생명과학자들에게 부탁드려 봅니다
지금껏 시간이 흘렀지만 좀 더 시간이 흐르더라도
확실한 백신 연구를 기원합니다
지난 시간도 지금도 많은 연구를
하신 것을 잘 알고 있습니다
인간사 죽고 사는데 거래는 하지 맙시다
솔직히 이 세상 생명 귀하지 않은 것이 없습니다
사람으로 태어나 이타행을 함으로서
죽었어도 살아 있는 영웅이 됩시다
다헌 사백 두서없는 글로 나 역시 조금 흥분되었습니다
그러나 우짜겠습니까 중도 사람인 것을

보고 싶고 만나고 싶지만 살아만 계십시오
언젠가 언젠가는 웃으며 만나 뵈올 날이 있겠지요
계절마다 절기 따라 몸조심하시길 바랍니다

장마철에 보낸 편지
– 화개 목압마을 다헌 벗에게

며칠째 비가 내리는군요
지리산 계곡 그곳도
많은 비가 오겠지요
궂은날 다헌 건강이 염려되오
많은 비로 화개천 괜찮을까 했더니
소식을 보며 산 넘어 아랫마을 장터
잠겨있는 상점들 상인들의 심정
안타까움 전할 길이 없소
저 넓은 섬진강 감당키 어려웠나 보오
첩첩 산 너머 내 마음도 이러한데
눈앞 벗이야 오죽하겠소이까
멀리 백운산 바라보니 비구름 감겨있고
하늘 빗줄기 기둥인 듯
불일폭포 힘찬 줄기 초목이 고개 숙인 듯 하오

* 2020년 8월 8일 섬진강 범람을 기록하며

절개를 보다

땅속에서
송곳처럼 올라온 너는
하늘을 찌르고도 남을
마디마디 키를 세워
바람에 흔들림을 본다
저러다 허리라도 꺾어지면 하는
애처로운 마음 한결한데
유유히 바람 안고 검무를 추는 여유로움
댓잎마다 칼날 스치는 소리 살벌하여
너에게 접근을 하기가 무섭도록
텅 빈 속 욕심이라는 것
찾아볼 수 없는 시키지도 않은 곧은 성정
사계절 내내 푸른 청춘의 청년으로 서 있는
너희들이 한없이 부럽구나
저 더러운 속세의 부정을 보며
갈라지는 아픔은 있지만 굽히지 않은
오늘 너의 절개를 보았다.

유월의 일기

들녘엔 배꽃이 하얀 얼굴로
아침을 맞이하고 맞은편 여명
반가운 웃음으로 잉크한다
싱그런 유월의 아침 밤꽃 향기
창살 흔들며 알싸한 심장 도려내듯
고통으로 다가오는 유월의 님
칠순을 바라보는 흘러간 세월 앞에
포성이 들리듯이 오늘 또 아물지 않은
아픈 상처가 생채기를 하며
눈동자는 저기 어느 산야에
당신의 육신은 찾을 길 막연한
오늘도 기억하고 또 그날을
책장 넘기듯 넘기는 현실
가슴 메이는 밤꽃 향기 위로를 하며
오늘도 당신을 그리워합니다

통일이 오길 꿈꾸며

내가 밟고 있는 대지 위
전쟁 없는 평화로운 시절
있었을까
날으는 철새는 자유롭게 오며 가는데
강물의 고기들도 경계가 없는
푸른 하늘아래 바람과 구름
소리 없이 산을 넘는
임진각 철망 앞에 멈춰야 하는 발걸음
세월의 흐름 구멍 뚫린 철모 백골로 돌아오는
가슴 저미는 형제들의 눈물
임진강이 되었을까
흐르는 강물 속 유영하는 피라미 부러운데

허물어진다

하늘이 무너지고
태양도 가려져
달빛이 으스러진다
밤도 낮도 없어지는
암흑의 골만 깊어간다
재물도 몸뚱이도
인성도 그렇게 해제된
금수저 흙수저 아비규환 속
빌딩이 내려앉는
새들만 튀어 날은다
오십억 이천억
눈뜨고 코 베이는
일억 준단다 오라고
돈이면 미투도 된단다
높은 구멍 튀어나온 말 그 사람 불쌍하다고

진달래

　– 돌아온 5 · 18

눈이 부시는 운정의 저 언덕
육백 팔십 기 봉분마다
그날의 군홧발에 쓰러져간
아침 이슬 같은 눈물들이
가슴에 맺힌 한이 봇물 터지듯
붉은 꽃물로 흘러흘러
금남로 중앙선 그어놓은
그대들은 가고 욕처럼 남은 잔영들
악마의 원흉 머리는 영원히 침묵으로 잠들고
꼬리는 아직도 발자국 남기는 흔적들
세월의 지친 무게감 하늘도 무거워 내려앉은
이 땅이 서러워 서러워 꾸워 본 꿈들
산하에 붉게 붉게 물들어 가네

똥개들의 싸움

운동장에서
먹을 것도 없는데
서로 으르렁거리며
상처를 내고
진탕 싸움질 침 튀긴다

미로의 골목마다
떼거리 들과 함께 우루루
어퍼컷 발차기
이런 난리도 하늘이 웃을
일이다

진작 밥통에
밥이 없는데
뭘 보고 으르릉
거리는지
알다가도 모를 일이

현실인
기이한 현상

미래의 후손들 어찌 할고
한 걱정도 욕심이겠거니
마음이 시리다

물을 흐르게 하라

물이여 흘러라
웅덩이 갇힌 물
승천도
한계에 부딪쳐
푸른 하늘 누운 물을 보며
썩은 녹조 하늘 가리는데
흐르는 맑음 절절하고
봇물 고인 물 비우는
팔팔한 푸른 비늘
퍼득이는 강줄기
풍성한 봄 내음
아지랑이로 기대어
사임당 앉은자리 창문을 바라보네

축생들의 반상회

호국의 영령에
미안함 티끌만도 없는
나열된 축생들
자기가 안되면 안된다는
지극히 악의적인 행위들

민주열사
안중에도 없는
겉만 뻔지르르
기름 처바르고
문안 왔다는 이정표 남긴

마구간
똥부터 치울 일이다
반상회 손님 맞을 준비하여
깨끗이 투명한 걸음에
하나가 열이 된다는 것의 이치다

아! 세상에나

저 주댕이 치고 싶다
신작로 가게
샷터 무게
아니 눈꺼풀 보다
무거워야 할
찢어진 입에서
서슴없이 튀어나오는
친일파의 목소리 내장에 배알도 없이
자위대가 주둔할 수 있단다
와~이구냐
잘 났다 잘 났어
매국노 이완용이 손뼉을
치겠구나야

유월이 오면

유월의 아침
혈관이 부푼다
아마 저 대지에도
뜨거운 아지랑이 오르리

저 따뜻한 피가
태양이 되었을까
아직 아물지 않은 상처
고희 넘긴 유월 햇살 속

호국영령의 숨결
아~ 바람이 되었던가
산과 들 푸른 물결
내 가슴 파도가 넘실인다

法問壁詩

너희를 위해

－코로나 세상에 던지는 시

과거 1350년 무렵 페스트 즉 흑사병이
전 유럽의 3분의 1 정도가 목숨을 잃을 정도로
그 피해가 무시무시 하였다
전염병의 가장 잔혹한 질병은
천연두, 홍역, 인플루엔자, 말라리아, 디프테리아,
발진, 장티푸스, 콜레라 여타 전염병
세계는 이로 인해 전염병을 매개로
나라가 멸망하고 새로운 나라가 생겨나고
삶과 환경이 뒤바뀌는 현상 그런 역사가
그려지고 지워지기도 한다
21세기 코로나19의 바이러스로 인하여
비말이 퍼지고 이웃과 거리를 두는 현실
일상이 바뀌고 이웃과, 사회, 국가 간에도
불협화음이 끊이질 않는다
이는 과거의 역사를 비춰볼 때
멸망하는 나라가 적지 않은 것이다.
이로 인하여 21세기 과학이 발달하였다고
하지만 발등에 불끄기가 바쁜 현실이다
미래에 이보다 더한 전염병이 올 것이다
산 넘어 산이 아닐 수 없다

인간이 저지른 약육강식 적자생존의
거미줄이 만든 로마로 가는 길은 통한다
결국 우리가 한 것이라곤 전염병을 유발한 것
물러설 수 없는 절벽을 우리는 맞이 하고 있다
선 후자를 가릴 수 있는 시간이 없다
우리가 지구를 오염시켰으니
우리가 받을 전염병이지 않은가
인정할 건 깨끗이 인정하고 출발하자
지구의 온도가 높아지며 기후가 변하고
만년설 빙하가 녹고 해수는 차오르며
산과 들 녹음과 생명체가 변이 되어 가는
인간의 무한대의 욕심이 불러온 오늘날과
같은 기현상이 눈앞에 목도 하고도
이기적인 행위를 멈추지 않는다
80억의 세계 인구가 하나 같이 자연 현상을
앞에 두고 겸허히 각성하고 반성하면서
오염원을 제거해 가야 할 지금도
남의 탓으로만 돌리는 인간의 욕심들이
지구 멸망을 앞당기고 있다
옛말에 상전벽해桑田碧海란 말 중국의 왕방평이란

신선의 말을 빌리지 않을지라도
거기에 버금가는 미래에 육지가
바다가 될 날이 눈앞에 그려진다
그리되면 80억의 인구는, 육지의 생명체는
그야말로 멸망인 것이다
지금도 늦지 않았다
지구 온난화를 막는데 솔선하여야 된다
나무를 심어 사막화를 막으며 먼지를 막고
탄소 배출을 막아 맑은 하늘을 보자
그리하면 태양도 본래의 빛을 발하여
지구의 수명을 연장하게 될 것이다
하물며 지구의 생명체는 오죽하겠는가?

세계인이여!
지구의 맑고 푸른 환경엔 너와 내가 없는 것
우리 모두가 병든 지구를 구하지 않겠는가?
결국 지구가 병들면 인간인 우리가, 생명체가
병들어 멸망하는 것임을 어찌 모르는가?
안타까울 뿐이다
지구를 살리는데 나는 몸과 마음 모두를
너희를 위해 받칠 수 있다 나는,,,

대숲에 가면

척추를 세운
마디마디 곧은 왕대나무
푸르게 하늘을 찌르는데
댓잎 부딪치는 검무 소리
머릿결 쭈뼛 서는 찬바람

세상사 담을 쌓듯
단절에 가깝고
텅 빈 대나무 속 비운 여백
나이테 근심 덜어내고
죽비소리 고요함 찾아들며

세상사 치부 들어내는
황망한 탁상 위 부는 바람
진흙탕 상처 흔적 남아
구멍 숭숭 대금 소리 간절한
청죽은 푸르고 민초는 깨어있네

화살이 꽃이 되어   보우 시집 · 작가마을 시인선 56

화쟁사상으로 대중을 일깨우는
보우 큰스님의 선시禪詩

조해훈(시인)

화쟁사상으로 대중을 일깨우는
보우 큰스님의 선시禪詩

조해훈(시인)

보우선사普友禪師의 시집 해설에 들어가기에 앞서 독자들을 위해 화쟁사상和爭思想에 대해 간략히 정리하면 다음과 같다. 화쟁和爭이란 '다툼을 화해시킨다.'는 원효 사상의 핵심이다. 여러 종파의 사상적 대립을 멀리하고 화해로 하나 되게끔 하는 사상이다. 원효는 세우는 것(立)과 깨는 것(破), 있는 것(有)과 없는 것(無) 등을 서로가 대립하는 차원에서 보지 않고, 그 뜻을 살려 공평하게 귀일 시키는 철학을 전개하였다. 원효의 화쟁사상은 각 경전의 본뜻을 바로 살펴 모든 주장을 화합하고자 한 것이다. 보우선사의 사상에도 이 화쟁이 기본적으로 깔려 있다.

그러면 선시禪詩가 무엇인가? 선禪이 무엇인지 살펴보자. 선이라는 것은 마음의 깨달음을 내세운다. 그래서 불립문자不立文字와 교외별전敎外別傳, 직지인심直指人心, 견성성불見性成佛을 그 종지宗旨로 삼는다. 그러하므로 언어문자를 거부한다. 그리고 정서적 감정이나 분별적 사유마저

배격한다. 그렇다면 선시를 짓는다는 것은 일종의 모순이다. 그렇지만 선사禪詩들은 선시를 짓는다. 아이러니라 아니할 수 없다. 인간의 문화현상이 언어문자로 기록되고 인간의 사유마저도 언어화된 개념으로 이루어지기 때문에 언어문자를 완전히 떠나서 살 수는 없다. 선 또한 언어문자를 완전히 떠날 수 없는 것이다. 요약하자면 선시란 불교의 선사상을 바탕으로 하여 그 오도적悟道的 세계나 과정 또는 체험을 시화詩化한 종교적인 시를 말한다.

그러다보니 선가禪家의 언어는 지극히 압축되고 고도로 상징화된 언어, 그리고 비약적이고 역설적인 반상反常의 언어이기도 하다. 따라서 선사들은 극도의 역설적이고 부정적인 표현 등을 통해 언어로 표현할 수 없는 깨달음의 세계를 나타내려고 노력하였다.

이번에 발간되는 보우선사의 시집에 들어있는 시편들에는 이러한 화쟁사상을 바탕으로 한 깨달음의 세계가 어렵지 않게 묘사되어 있다. 그러면서 그러한 시적 세계를 통해 대중들에게 가까이 다가감은 물론 마치 법문처럼 대중들을 일깨우고 있다.

독자들이 시집을 읽고 이해하기 편하도록 내용에 따라 1~4부로 나눠 해설을 하겠다.

1부 _ 선사禪師의 시선으로 바라보는 체험적 일상

선사라고 해서 밥을 먹지 않고, 잠을 자지 않는 것이 아니다. 깨달음을 득한 선사도 인간인 이상 일반인들과 같은 일상을 유지한다. 방법이 조금 다를 뿐이다. 진흙탕 속에서 싸움으로 뒹굴며 하루하루를 영위해가는 세속인의 세계는 시간이 흐르면서 검은 머리털이 희게 변하듯이 변한다. 그러나 진리의 세계는 시간과 공간을 초월해서 변화하지 않는다. 우리 마음도 깨달음을 얻으면 시간과 공간을 초월해서 변화하지 않는다. 이와 관련한 보우선사의 시를 한 수 보자.

> 어릴 적 가슴에 달린
> 하얀 명찰 이름 모를 소녀
> 하천 가로지른
> 점점이 놓인 징검다리
> 오고 가며 맞닥뜨린
> 눈동자 수정구슬 본 듯하고
> 피할 수 없는 외길에서
> 수줍음 베어 문 입가
> 어지러운 보조개 피우는데
> 헛발은 흐르는 물결에 잠수 타고
> 지나는 뒤태만 바라보다
> 회색빛 머릿결 가득한 황혼 녘
> 그 소녀 보조개 생각이 나니
> 몸은 늙어 마음은 청춘이란 주책을 떤다
> 어디쯤 세상 품은 아름다운 어머니였을 깨다

- 「징검다리 앞에서」 전문

선사가 어릴 적 징검다리에서 마주친 소녀와 있었던 찰나적인 일상을 기억해 시로 형상화하고 있다. 누구나 갖고 있을 법한 이야기를 풀어 놓았다. 그렇지만 선사는 세상을 보는 데 있어 일반인들과는 다른 필터를 갖고 있다. 세상의 만물이 진리의 세계임을 깨달은 시선인 것이다. 깨달음의 세계는 문자로는 표현할 수 없다. 오직 체험만으로 인식이 가능한 세계다. 깨달음의 주체는 마음이다. 그리하여 위 시에 등장하는 보조개를 가진 소녀는 실은 선사에게 모양도, 색깔도, 실체도 없다. 마음은 시간과 공간을 초월하여 있기 때문에 생겨남도 없어짐도 없는 불생불멸不生不滅이다. 그렇지만 선사는 이를 시로 묘사했다. 살아온 체험적 일상 중 하나의 편린片鱗인 것이다.

다음 시 역시 마찬가지이다.

선암산 그늘 아래

위천 맑은 거울 삼아

초록 물든 들녘 민들레

키를 재며 자라던 아이야

별이 된 엄마 고향 땅 언덕에 묻고

어린 가슴 그리운 눈망울

아버지의 커다란 손을 잡고 쫄랑대며

처음 보는 큰 집으로 갔다

함께 놀던 고추 친구 뒤로하고

아버지 여기가 어디인가요?

음 기차가 서는 역이란다,

너 기차 타보고 싶다고 하였잖니

그래서 그래서

오늘 멀리 기차를 타고 소풍을 가는 거야!

지금 겨울이잖아요? 겨울에 소풍 가는 게 아닌데

하얀 증기를 뿜으며 기관차가 달려왔다

처음 타본 완행열차 역마다 정차하며 사람을 태우고

내리며 긴 철길 먼 시간 달려 종착역에 내린다

멀미가 나 초죽음이 된 나를 아버지가 가슴에 안고

별이 빛나는 어둠 속으로 걸어가셨다

창문에 타향살이 시작의 아침이 밝아오고

그렇게 새로운 시작이었다 아이는

―「우보역友保驛에서」 전문

　　어린 시절 고향에서 어머니를 여읜 후 아버지의 손을 잡고 대처로 나오는 과정과 새로운 삶을 시작하는 이야기를 그리고 있다. 시에는 선사의 주관적인 감정이나 어머니에 대한 그리움 등 정서적인 영역을 빼버렸다. 담담하게 마치 제3자적 관점에서 읊는 것처럼 묘사하고 있다. 이는 불구부정不垢不淨의 마음에서나 가능한 시적 장치이다. 대부분의 시인들은 시의 말미에 어머니에 그리움을 어떤 형식으로든 삽입하기 마련이다. '창문에 타향살이 시작의 아침이 밝아오고/ 그렇게 새로운 시작이었다 아이는'으로 시는 끝을 맺고 있다. 선사의 마음은 세계의 집착에서 벗어나 있음을 알 수 있다. 다시 말해 얽매임이 없는 자유인임이 증명되고 있는 것이다.

마치 출가자로서 할 일을 모두 마친 듯한 자세를 보이는 선사의 이러한 시적 서술은 '창문 열고 머리 위를 보니 / 하늘이 구름 한 점 없이 참 맑다'(「밖의 풍경」)와 '봄날은 소리 없이 / 이렇게 왔다 가지만'(「봄날에 보낸 편지」), '손에 든 부채/ 바람 저어 보지만/ 땀방울 삼복더위 감아 돌고/ 뜨거운 차나 한 잔 하시구려'(「여름에 보낸 편지」) 등에서도 읽을 수 있다. 마치 오도의 경지를 상징과 비유로 나타내고 있는 듯하다. '목압마을 하천가 벗나무/ 흰 눈이 쌓였겠습니다'(「겨울에 보낸 편지」) 역시 마치 무심한 듯한 선사의 심성을 읽을 수 있다.

2부_ "마음을 낮추라"는 화두를 던지는 선사

선사는 세상의 일에 감사하며, 언제나 마음을 낮춰라下心라는 화두를 던진다. 먼저 시를 한 수 보자.

개미허리 같은
산길을 자국 내며 간다
작은 풀잎 밟힌 자리
벗어나기 바쁘게
풀잎 일어서는데 아이쿠
괜시리 미안하여 온다
좋아라고 간 숲길
말 못 하는 풀잎 상처를 주고

순간 면상 화끈거린 태양 같은

자연 앞 겸손 바닥나는 지금

손에 잡힐 듯 나뭇잎 만지작인다

잎들은 산들바람 흔들며 반겨주는데

너희들에 줄 것이라곤

이산화탄소밖에 없어

숲에 들어 신선한 산소를 선물 받는

염치도 이런 염치가 있을까 보다

대꾸 없는 풀잎 햇살 반사되어

반짝반짝 말을 하듯 이야기 분주하고

돌아서 오는 길 숨 쉬는 숲을 보니

귀한 선물 숲은 지구의 마지막 허파니까

– 「숲길을 가며」 전문

선사는 '작은 풀잎 밟힌 자리/ 벗어나기 바쁘게/ 풀잎 일어서는데 아이쿠/ 괜시리 미안하여 온다'라며, 쓸모없다고 여기는 작은 풀잎을 밟은데 대한 미안한 감정을 나타내고 있다. 모든 생명을 존중하는 불가의 어떤 규율 때문만이 아니라 부지불식간에 풀잎을 밟는 행위에 대해 그처럼 민감한 것은 그의 본래 심성이 그러함을 읽을 수 있다. 또한 '잎들은 산들바람 흔들며 반겨주는데/ 너희들에 줄 것이라곤/ 이산화탄소밖에 없어'라고, 구도자인 산인 山人으로서의 실체를 드러내고 있다. 자연에 대한 그의 부드럽고 한없이 너그러운 인식을 나타내고 있는 것이다. 그런데 선사는 시인이 잎들에 줄 것이라곤 호흡하며 내뿜는 이산화탄소 밖에 없다고 한다. 단지 자연에 대한 애정만이 아니라 지구의 앞날을 걱정하기에 이른다. '돌아서 오는 길 숨 쉬는 숲을 보니/ 귀한 선물 숲은 지구의 마지막 허파니까'라는 것이다.

이러한 자연과 원래 있는 것에 대한 사랑은 '서로의 품성이 당당하게 그 자리에 있음을/ 몽돌 아니 태산 같은 바위도 다를 바 없네/ 발끝에 풀잎도 그 밑을 기어가는 미물들도/ 하늘 아래 땅위 함께 숨 쉬는 모든 생명의 내 이웃의 벗/ 그래서 아름답기 그지없는 선물 중의 선물이었다.' 라며, 모든 생명에 대한 사랑의 마음을 읊고 있다. 땅 위의 생명은 너나없이 아름다운 선물 중의 선물로 그는 인식하고 있다.

다음 시도 한번 보자.

삭발에도
서리가 내려
섬돌 위 흰 고무신
그마저 욕심일까
맨발의 흙 신도 괜찮은걸
풀잎 이슬 받아
차 한 잔이 족하고
채움보다 비우는 것
하루하루 내려놓고
버리면서 여백의 깨달음
필요 이상 쌓은 곡식

훗날 처마 그리운 이

배는 곯지 않아야 하기에

나눔은 발밑 생명도

관심을 같는 것이다

- 「비움으로」 전문

선사는 '섬돌 위 흰 고무신/ 그마저 욕심일까/ 맨발의 흙신도 괜찮은 걸'이라며, 더 비울 게 없는 극한을 보여주고 있다. 그게 출가자인 그의 본심이다. '채움보다 비우는 것/ 하루하루 내려놓고/ 버리면서 여백의 깨달음'을 얻기를 바라고 있다. 흔히 이러한 사상을 무소유라고 부른다. 불가에서는 진리 자체가 능소의 분별이 없고, 주관과 객관이 다르지 않는데 소유자가 있고 소유할 게 있다면 중생과 다를 바 없다고 가르친다. 즉 하심下心, 또는 마음 낮춤이다.

선사의 이런 가르침은 다음에서도 계속 이어진다. 「감사함을 노래하라」에서는 '세상에/ 태어남을 감사하라/ 부모님 인연 지음 감사하고/ 어린 시절 어른 되기까지/ 사계절 따로따로 풍경/ 자연의 가르침 감사하며/ …/ 작은 것에 감사하며/ 간소한 행장이 가볍다'고 이른다. 그래야만 '숙성되어 가는 내면의 깨달음'에 도달한다는 것이다. 이어 '마음 비우고 편안함 가지라/ 늙고 죽는 것 걱정하지 마라/ 이 모두 자연의 현상이니/ 거스르면 괴로움 따를 뿐이다'라고 엄중 경고까지 하고 있다.

선사는 다음 시를 통해서도 가르침을 준다.

노송 한 그루 있어

씨앗 둘 바람에 독립시켜

인연 따라 떨어진 곳

삭 틔워 자라는데

한 씨앗 모래언덕 자리하고

다른 씨앗 바위틈 자라며

어느 날 모래톱 건장한 소나무

바위틈 자란 소나무에게

키도 작고 추하게 자랐느냐 한다

여름 태풍이 부는 날

이웃 건장한 소나무

뿌리가 뽑혀 누워 있고

키 작은 소나무 하는 말

어려움 모르면 그렇게 되는 거란다

- 「소나무 이야기」 전문

　자신이 잘났다고 뽐내다 보면 언젠가는 그로 인해 무너
진다는 경구를 담고 있는 시다. 사람은 잘났든, 못났든 나
름의 긍지와 희망을 가지고 소신껏 살아간다. 남보다 조
금 가진 게 많더라도 겸손하게 마음을 낮추고 살아가야
함을 소나무에 비유해 시로 설법을 하고 있다.

3부 _ 출가자로서의 삶을 잃지 않는 선사의 정신

선사는 현재 천일기도에 용맹정진하고 있다. 세 번째인가, 네 번째 천일기도를 하는 것으로 알고 있다. 천일기도 중에는 가능하면 산문을 벗어나지 않는다. 선사의 다음 시를 보면서 이야기를 풀어나가도록 하겠다.

한길 물속 잴 수 있어도
내 마음 깊이는 알 수가 없네
뚜렷이 이거다 하고
눈에 보이지도 않지만
손에 쥐어주지 못해 미안하며
언뜻 재듯 가늠해 보지만
그대의 마음 깊이 더더욱 알 수가 없지
혹시 아라비아 숫자 따라가면 알 수 있을까
그래서 알아지면 서로의 내면 들어간들
그 깊이 얻지 못할 걸 알면서도
그대의 마음 얻고자 분주한데
애착의 시간 털어버리는 시절 도래하여
스치는 바람 껍데기는 사위어 가고
분명한 것은 가을 속 봄맞이 꽃이 핀다는 것
정말이지 서로 아름다운 한판 연극 아니던가

– 「봄에서 가을까지」 전문

'한길 물길 속 잴 수 있어도/ 내 마음 깊이는 알 수가 없네'라고 했다. 불가에서는 이러한 상태를 '인간의 정념情念이 마치 활활 타오르는 화롯불 위의 눈처럼 완전히 없어진 마음의 상태'라고 일컫는다. '내 마음 깊이는 알 수가 없네'라니? 자타自他의 구별도 시비是非의 분별도 모두 끊어진 깨달음의 경계를 드러내고 있다. 진공眞空의 상태다. 즉 의로부도意路不到이고, 언전불급言詮不及이다. 선사는 위 시에서 시어詩語의 묘미를 살려 선시의 격조를 높이고 있다.

이어서 '뚜렷이 이거다 하고/ 눈에 보이지도 않지만/ 손에 쥐어주지 못해 미안하며/ 언뜻 재듯 가늠해보지만/ 그대의 마음 깊이 더 더욱 알 수가 없지'라며, 진공의 상태를 덧붙여 보여주고 있다.

여보게 들
사람으로 태어나길
그대 손톱 위
때만큼 어렵다네
전생 사람이었던 자 없고
다음 생 사람으로 태어나길
장담할 수 없다네
우리는 소수점도 안되는
한 점 수정란일 뿐
모정의 자궁 속 풍선 되어
지금의 껍데기로 자라나
이것이 전체인 듯 떠벌리고
한치 앞 절벽

살피지 못하는 삶

나는 다시 태어나

당신을 사랑 할꺼라고

나부대지만

불가능한 것을 가슴 저리게

사람으로 태어나 구르는 수레바퀴

만나기 어렵고 하여

어찌 껍데기 속 씨앗을 찾지 않으리

— 「거울 속 그림자일 뿐」 전문

'사람으로 태어나길/ 그대 손톱 위/ 때만큼 어렵다네/ 전생 사람이었던 자 없고/ 다음 생 사람으로 태어나길/ 장담할 수 없다네'와 '나는 다시 태어나/ 당신을 사랑 할 꺼라고/ 나부대지만/ 불가능한 것을 가슴 저리게/ 사람으로 태어나 구르는 수레바퀴/ 만나기 어렵고 하여/ 어찌 껍데기 속 씨앗을 찾지 않으리'라고 한 표현 역시 마찬가지이다.

여기서는 『십우도十牛圖』의 여섯 번째 수행단계인 「기우귀가騎牛歸家」가 생각난다. 전 단계에서는 목우(牧牛 · 거친 소)를 집으로 데려가기 위해 길들인다. 이를 삼독심三毒心이라 일컬으며, 그 동안 때가 묻은 업장을 지우는 보임保任의 단계라고 한다. 기우귀가는 이를 지나서 소와 일체가 되어 신나게 피리를 불면서 집으로 돌아오는 단계이다. 이 단계에서는 이미 철저하게 오도悟道하여 정념正念을 견지하고 무한한 쾌락을 얻은 경지이다. 목동은 구멍이 없는 피리로 환향곡還鄕穀을 부르며 유유히 집으로 돌아온다. 구멍이 없는 피리(無孔笛)에서 흘러나오는 노랫소리는 육안으로 살필 수 없는, 본성의 자리에서 흘러나오는 진여성眞如聲을 상징한다.

따라서 위 시구詩句는 보우선사가 목우(중생)를 길들이기 위한 언어문자이다. 그는 열 번째 수행단계이자 마지막 수행단계인 '입전수수入鄽垂手'의 경지에서 언급하고 있는 것이다. 입전수수는 포대화상(布袋和)이 저잣거리로 중생을 구제하기 위해서 중생의 곁으로 다가가는 단계를 말한다. 포대화상이 바로 보우선사인 것이다.

그러면서 다음 시에서 한 번 더 목우를 다스리는 문자를 보내고 있다.

　　내 것 네 것이라는 소유물 속
　　죽음을 두려워한다
　　분별의 번뇌망상 미로가 되어
　　삶은 누구의 것도 아니라 그냥 있는 것

　　영생이란 것 어디쯤 있는가
　　아서라 한바탕 둥근 무대일 뿐
　　그 무대 위 아름다움 다하며
　　살아갈 수 있음 그것이 모두 다

　　탐욕심 집착의 끈 놓을 때
　　풍성한 삶의 원상이며

한 벌 옷 집에서 벗어나면
조금도 생사 두려움 없어

둥굴게 둥굴게 흐르다 보면
해묵은 껍데기 던져 버리고
새로운 삶 어느 날 소문 없이
머물든 곳으로 돌아와 있네

–「삶이란」 전문

선사의 시는 어렵지 않다. 누구나 읽으면 그 깊은 뜻을 깨달을 수 있다, 불교적인 논리로 해석을 하자면 선사의 시는 상당히 난해하고 언뜻 이해가 안 될 수가 있다. '내 것 네 것이라는 소유물 속/ 죽음을 두려워한다/ 분별의 번뇌망상 미로가 되어/ 삶은 누구의 것도 아니라 그냥 있는 것'이라는 시구에서 보듯 생각하면 생각할수록 의미가 있지만 쉽게 다가온다. 욕심 많은 사람들에게 그러한 끈을 놓을 때 비로소 생사의 두려움이 없어진다는 말을 '탐욕심 집착의 끈 놓을 때/ 풍성한 삶의 원상이며/ 한 벌 옷 집에서 벗어나면/ 조금도 생사 두려움 없어'라며, 누구나 그 말에 공감할 수 있도록 쉽게 이야기한다.

그러한 탐욕에 대해 무소유의 삶을 산다면 훨씬 자유로워진다고 '소유하려 들면 소유하는 순간/ 번뇌와 고통 따른다/ … / 소유하지 않음 자유로움 아닐까'(「자유가 뭐길래」)라며, 다시 한번 일갈한다.

선사는 현재 부산 감천동 문화마을의 관음정사에서 좌

선坐禪하고 있지만, 경주 백률사에서 수행한 적이 있다. 수행 당시의 일화를 기록한「지난 일기 I – 꿈속에 문수보살 친견」을 보자.

'… / 방을 잡고 누웠는데 꿈속 사자 두 마리/ 툇마루 좌우편 앉아 있어/ 일어나 문 열고 밖을 보니 사자는 간데없고/ 찬바람 아랫목 차지하는 개그를 한다/ 맑은 밤하늘 별들은 초롱초롱 점점이 박혀있고/ 설잠은 간데없고 정신만 번쩍인다/ 문수보살 나투셨다 생각하니/ 뼛속까지 오한이 찾아드는 닭살로 돌아있고/ 아~이곳이 이차돈 성사/ 순교성지 도량 그제 사 깨닫고/ 천일의 구도 수행 문수보살 외호 속/ 여법하게 가르침을 받으리라 다짐하며/ …'

선사가 천일 수행 중에 꿈에서 사자 두 마리를 보고 깨어나 살펴보니 사자는 온데간데없다. 백률사는 이차돈의 순교성지이다. 그에게 문수보살이 사자로 와 그의 구도심을 더 일깨워준다는 내용이다. 선사는 그때 '여법하게 가르침을 받으리라 다짐'한 마음을 지금껏 잃지 않고 수행을 하고 있는 것이다.

4부 _ 불의와 부조리를 수용하지 않는 절의 정신

선사를 친견한 사람들은 한 결 같이 그에게서 '꼿꼿함'이 배어나오는 것을 느낀다. 속진을 떠나 선가禪家에서 구도의 끈을 붙잡고 있지만, 불의와 부조리를 받아들이지 않는 그의 성징 때문이다. 그러다보니 속가의 현실 문제에도 묵언하지 않고 더러 입을 뗀다.

> 마음 수행을 통하여 선한 마음으로 가지길 노력하는
> 것이
> 삶의 가치이며 이웃을 아름답게 하기 위한 것이
> 존재의 의미 아니겠는가
> 무릇 현재의 위정자들이여
> 탐심을 내려놓고
> 캄캄한 밤길 내 주변을 살펴보라
> 새롭고 향기로운 세상이 눈에 들어온다네
>
> – 「향기로운 하심」 부분

선사는 사람이라면 선한 마음을 가져야 그 삶이 가치가 있고, 이는 바로 이웃을 아름답게 하는 일이라고 지적한다. 그러므로 욕심과 이기심이 가득한 위정자들에게 탐심을 내려놓으면 밝고 향기로운 세상이 온다고 강조한다.

『금강경』에서 인생은 꿈과 같고, 파도와 같고, 번갯불과 같은 것이라고 하였다. 현상체(色)는 실체가 없는 가유假有 상태로 인연에 따라 생주이멸生住異滅하여 공空의 세계로 되돌아 가는 존재이다. 언젠가는 시간의 흐름에 따라 소멸하고 말 것이므로 집착해 봐야 사라지고 말 것이므로 고통만 따르는 부질없는 것이다. 그러니까 더 큰 권력을 가지려고 아귀다툼을 벌이는 위정자들에게 그러한 탐심을 내려놓고 진정으로 국민을 위하는 정치를 하라고 꾸짖는 것이다.

이와 관련한 선사의 시를 한 수 보자.

운동장에서
먹을 것도 없는데
서로 으르렁거리며
상처를 내고
진탕 싸움질 침 튀긴다

미로의 골목마다
떼거리들과 함께 우루루
어퍼컷 발차기
이런 난리도 하늘이 웃을
일이다

진작 밥통에
밥이 없는데
뭘 보고 으르렁
거리는지
알다가도 모를 일이

현실인
기이한 현상
미래의 후손들 어찌 할고
한 걱정도 욕심이겠거니
마음이 시리다

– 「똥개들의 싸움」 전문

위 시는 어렵지 않아 읽으면 바로 이해할 수 있다. '진작 밥통에 밥이 없는데/ 뭘 보고 으르렁/ 거리는지/ 알다가도 모를 일이'라며, 싸우기만 하는 위정자들의 모습을 똥개에 비유하고 있다. 그들은 먹을 게 없어도 싸운다고 지적한다. 그러면서 '(먹을 게 없어도 싸우기만 해 알다가도 모를 일이) 현실인/ 기이한 현상/ 미래의 후손들 어찌 할고/ 한 걱정도 욕심이겠거니/ 마음이 시리다'며, 미래의 후손들에게 뭘 물려줄지 걱정이라고 한다. 그러면서 '호국의 영령에/ 미안함 티끌만도 없는/ 나열된 축생들/ 자기가 안 되면 안 된다는/ 지극히 악의적인 행위들'(『축생들의 반상회』)이라고 지적하고 있다. 이는 국민들은 안중에도 없고 진영논리에 갇혀 서로 물어뜯는 위정자들의 이기적인 행태를 비난하는 말이다.

그는 「팬데믹 시절 보낸 편지」에서는 환경적인 문제에 대해 지적하고 있다. 그는 ' 지금껏 지구 환경에 대한 경고는/ 누차 과학자들로 하여금 메시지가 나오곤 하였지만/ 우리는 귀를 닫고 있지 않았나/ 자문하여 보아야 할 것이지만/ 막상 이렇게 되고 보니 감당이 안 되는 현실 앞에/ 이산화탄소 과부하가 보여주는 과정입니다/ 우리가 뿌린 것 우리가 받아야 되는 사항 아니겠습니까…'라며, 지구환경의 이상 현상은 인간이 뿌린 결과로 인한 것이라고 분석한다. 그러면서 '너와 나 할 것 없이 모두가 발 벗고 나서도/ 될까 말까한 전 지구적 시대적/ 시급한 환경 상황을 미적거릴 일이 아닙니다/ 기후변화로 엘리뇨 현상 남극 북극 고산의/ 만년설이 녹고 있습니다/ …'라며, 수

시로 발생하는 지구의 재앙을 막기 위해서는 미적거릴 때가 아니라며 너나 구분 없이 발 벗고 나서야 한다고 지적한다.

또한 바람에 흔들리는 대나무를 보면서는 굽히지 않는 절개를 생각했다.

> 너에게 접근을 하기가 무섭도록
>
> 텅 빈 속 욕심이라는 것
>
> 찾아볼 수 없는 시키지도 않은 곧은 성정
>
> 사계절 내내 푸른 청춘의 청년으로 서 있는
>
> 너희들이 한없이 부럽구나
>
> 저 더러운 속세의 부정을 보며
>
> 갈라지는 아픔은 있지만 굽히지 않은
>
> 오늘 너의 절개를 보았다.

－「절개를 보다」 부분

그는 대나무의 성정을 접근하기 무서우리만치 욕심이라곤 찾아볼 수 없다고 보았다. 그러면서 사계절 내내 푸른 청년으로 서 있음에 부러워하고 있다. 대나무는 속세의 부정을 보며 비록 갈라지는 아픔을 겪더라도 굽히지 않는 절개를 가졌다며 예찬하고 있다. 이는 다름 아니라 돈 또는 권력에 너무 쉽게 굴하고 무너지는 사람들에게 던지는 강력한 메시지이다. 표현은 쉽게 하고 있지만 그 속에 내재된 것은 무서울 정도로 엄중하다.

선사의 현실에 대한 관심은 모든 분야에 걸쳐 있다.

6·25 전쟁이 발발한지 70년이 되었지만 그는 6월만 되면 마치 포성이 들리는 듯 그 당시의 아픔이 아직 아물지 않았음을 상기하고 있다. 전쟁 때 조국을 수호하기 위해 목숨을 버린 전사자들을 기억하며 '당신의 육신은 찾을 길 막연한/ 오늘도 기억하고 또 그날을/ …/ 가슴 메이는 밤 꽃 향기 위로를 하며/ 오늘도 당신을 그리워합니다'라고 가슴에 새기듯 말하고 있다.

그는 또 민족의 통일을 염원하고 있음을 알 수 있다. 「통일이 오길 꿈꾸며」에서 '날으는 철새는 자유롭게 오며 가는데/ 강물의 고기들도 경계가 없는/ 푸른 하늘아래 바람과 구름/ 소리 없이 산을 넘는/ 임진각 철망 앞에 멈춰야 하는 발걸음/ 세월의 흐름 구멍 뚫린 철모 백골로 돌아오는/ 가슴 저미는 형제들의 눈물/ 임진강이 되었을까/ 흐르는 강물 속 유영하는 피라미 부러운데"라며, 통일을 염원하고 있다. 철새와 강물의 고기들도 남북의 경계가 없는데, 우리는 철조망으로 가로막혀 오가지 못함을 안타까워하고 있다.

그의 시를 통독해 보면 선사로서 수행 과정에서 느낀 서정抒情을 드러내는 게 많다. 이는 일반 시인들의 그것과는 다른 모습임이 분명하다. 일련의 시편들에 선취禪趣가 물씬 풍겨나고 있는 것이다. 속인이 쓴 선적禪的인 시는 선시라고 하지 않는다. 출가하여 깨달음의 경지에 도달한 선사의 시에 국한한다고 볼 수 있다. 선의 요소만으로는 선시가 될 수 없다는 말이다.

선사의 시를 내용에 따라 독자들이 쉽게 이해하도록 1,

2, 3, 4부로 나누어 읽고 해설을 했다. 앞에서도 이야기했지만 그의 모든 시에는 깨달음의 고요한 진여의 세계가 좌복하고 있음을 알 수 있다. 그러므로 내용상 분류라는 게 따지고 보면 무의미하지만 독자들에게는 필요할 것 같다는 생각에서 그렇게 했다.

불교 교리에 대한 필자의 우둔함 탓인지는 몰라도 보우선사의 시 전체를 읽은 소감은 "차라리 일생을 바로 멍청이가 될지언정 맹세코 문자를 자랑하고 말로만 불법을 설하는 문자법사文字法師는 되지 않으리라"고 다짐하고 있음을 느꼈다. 그러면서 조용하면서 부드럽게 대중을 일깨우는 힘이 그에게 있음을 알았다.